Christian Morgenstern

Die Mitternachtsmaus

Christian Morgenstern

Die Mitternachtsmaus

Galgenlieder und Gedichte
ausgewählt von Kim Landgraf

Anaconda

Die Texte dieser Ausgabe folgen der Stuttgarter Ausgabe der Werke und Briefe Christian Morgensterns (Verlag Urachhaus, Band 1–3). Unter Wahrung des Lautstandes und der Interpunktion wurde auf neue Rechtschreibung umgestellt.

Die Deutsche Bibliothek verzeichnet diese Publikation in der Deutschen Nationalbibliographie; detaillierte bibliographische Daten sind im Internet unter http://dnb.ddb.de abrufbar.

Umschlagmotiv: Graham Sutherland, *The Mouse*, 1979,
© Private Collection / Bridgeman Giraudon
Umschlaggestaltung: agilmedien, Köln
Satz und Layout: Satzbüro Noch & Noch, Balve
Printed in Czech Republic 2006
ISBN 3-938484-75-6
info@anaconda-verlag.de

Bundeslied der Galgenbrüder

O schauerliche Lebenswirrn,
wir hängen hier am roten Zwirn!
Die Unke unkt, die Spinne spinnt,
und schiefe Scheitel kämmt der Wind.

O Greule, Greule, wüste Greule!
Du bist verflucht! so sagt die Eule.
Der Sterne Licht am Mond zerbricht.
Doch dich zerbrach's noch immer nicht.

O Greule, Greule, wüste Greule!
Hört ihr den Ruf der Silbergäule?
Es schreit der Kauz: pardauz! pardauz!
da taut's, da graut's, da braut's, da blaut's!

Galgenbruders Lied an Sophie, die Henkersmaid

Sophie, mein Henkersmädel,
komm, küsse mir den Schädel!
Zwar ist mein Mund
ein schwarzer Schlund –
doch du bist gut und edel!

Sophie, mein Henkersmädel,
komm, streichle mir den Schädel!
Zwar ist mein Haupt
des Haars beraubt –
doch du bist gut und edel!

Sophie, mein Henkersmädel,
komm, schau mir in den Schädel!
Die Augen zwar,
sie fraß der Aar –
doch du bist gut und edel!

Das Gebet

Die Rehlein beten zur Nacht,
hab Acht!

Halb neun!

Halb zehn!

Halb elf!

Halb zwölf!

Zwölf!
Die Rehlein beten zur Nacht,
hab Acht!
Sie falten die kleinen Zehlein,
die Rehlein.

Das große Lalulā

Kroklokwafzi? Semememi!
Seiokrontro – prafriplo:
Bifzi, bafzi; hulalemi:
quasti basti bo …
Lalu lalu lalu lalu la!

Hontraruru miromente
zasku zes rü rü?
Entepente, leiolente
klekwapufzi lü?
Lalu lalu lalu lalu la!

Simarar kos malzipempu
silzuzankunkrei (;)!
Marjomar dos: Quempu Lempu
Siri Suri Sei []!
Lalu lalu lalu lalu la!

Das Mondschaf

Das Mondschaf steht auf weiter Flur.
Es harrt und harrt der großen Schur.
Das Mondschaf.

Das Mondschaf rupft sich einen Halm
und geht dann heim auf seine Alm.
Das Mondschaf.

Das Mondschaf spricht zu sich im Traum:
»Ich bin des Weltalls dunkler Raum.«
Das Mondschaf.

Das Mondschaf liegt am Morgen tot.
Sein Leib ist weiß, die Sonn' ist rot.
Das Mondschaf.

Fisches Nachtgesang

—
◡ ◡
— — —
◡ ◡ ◡ ◡
— — —
◡ ◡ ◡ ◡
— — —
◡ ◡ ◡ ◡
— — —
◡ ◡ ◡ ◡
— — —
◡ ◡
—

(Das tiefste deutsche Gedicht)

Die Trichter

Zwei Trichter wandeln durch die Nacht.
Durch ihres Rumpfs verengten Schacht
fließt weißes Mondlicht
still und heiter
auf ihren
Waldweg
u.s.
w.

Der Tanz

Ein Vierviertelschwein und eine Auftakteule
trafen sich im Schatten einer Säule,
die im Geiste ihres Schöpfers stand.
Und zum Spiel der Fiedelbogenpflanze
reichten sich die zwei zum Tanze
Fuß und Hand.

Und auf seinen dreien rosa Beinen
hüpfte das Vierviertelschwein graziös,
und die Auftakteul' auf ihrem einen
wiegte rhythmisch ihr Gekrös.
Und der Schatten fiel,
und der Pflanze Spiel
klang verwirrend melodiös.

Doch des Schöpfers Hirn war nicht von Eisen,
und die Säule schwand, wie sie gekommen war;
und so musste denn auch unser Paar
wieder in sein Nichts zurücke reisen.
Einen letzten Strich
tat der Geigerich –
und dann war nichts weiter zu beweisen.

Das Knie

Ein Knie geht einsam durch die Welt.
Es ist ein Knie, sonst nichts!
Es ist kein Baum! Es ist kein Zelt!
Es ist ein Knie, sonst nichts.

Im Kriege ward einmal ein Mann
erschossen um und um.
Das Knie allein blieb unverletzt –
als wär's ein Heiligtum.

Seitdem geht's einsam durch die Welt.
Es ist ein Knie, sonst nichts.
Es ist kein Baum, es ist kein Zelt.
Es ist ein Knie, sonst nichts.

Der Seufzer

Ein Seufzer lief Schlittschuh auf nächtlichem Eis
und träumte von Liebe und Freude.
Es war an dem Stadtwall, und schneeweiß
glänzten die Stadtwallgebäude.

Der Seufzer dacht' an ein Maidelein
und blieb erglühend stehen.
Da schmolz die Eisbahn unter ihm –
und er sank – und ward nimmer gesehen.

Das ästhetische Wiesel

Ein Wiesel
saß auf einem Kiesel
inmitten Bachgeriesel.

Wisst ihr
weshalb?

Das Mondkalb
verriet es mir
im Stillen:

Das raffinier-
te Tier
tat's um des Reimes willen.

Die Mitternachtsmaus

Wenn's mitternächtigt und nicht Mond
noch Stern das Himmelshaus bewohnt,
läuft zwölfmal durch das Himmelshaus
die Mitternachtsmaus.

Sie pfeift auf ihrem kleinen Maul, –
im Traume brüllt der Höllengaul …
Doch ruhig läuft ihr Pensum aus
die Mitternachtsmaus.

Ihr Herr, der große weiße Geist,
ist nämlich solche Nacht verreist.
Wohl ihm! Es hütet ihm sein Haus
die Mitternachtsmaus.

(Die Mitternachtsmaus ist die sittliche Weltordnung)

Mondendinge

Dinge gehen vor im Mond,
die das Kalb selbst nicht gewohnt.

Tulemond und Mondamin
liegen heulend auf den Knien.

Heulend fletschen sie die Zähne
auf der schwefligen Hyäne.

Aus den Kratern aber steigt
Schweigen, das sie überschweigt.

Dinge gehen vor im Mond,
die das Kalb selbst nicht gewohnt.

Tulemond und Mondamin
liegen heulend auf den Knien ...

Der Gingganz

Ein Stiefel wandern und sein Knecht
von Knickebühl gen Entenbrecht.

Urplötzlich auf dem Felde drauß
begehrt der Stiefel: Zieh mich aus!

Der Knecht drauf: Es ist nicht an dem;
doch sagt mir, lieber Herre; – : wem?

Dem Stiefel gibt es einen Ruck:
Fürwahr, beim heiligen Nepomuk,

ich GING GANZ in Gedanken hin ...
Du weißt, dass ich ein andrer bin,

seitdem ich meinen Herrn verlor ...
Der Knecht wirft beide Arm' empor,

als wollt' er sagen: Lass doch, lass!
Und weiter zieht das Paar fürbass.

Der Lattenzaun

Es war einmal ein Lattenzaun,
mit Zwischenraum, hindurchzuschaun.

Ein Architekt, der dieses sah,
stand eines Abends plötzlich da –

und nahm den Zwischenraum heraus
und baute draus ein großes Haus.

Der Zaun indessen stand ganz dumm,
mit Latten ohne was herum,

Ein Anblick grässlich und gemein.
Drum zog ihn der Senat auch ein.

Der Architekt jedoch entfloh
nach Afri – od – Ameriko.

Das Lied vom blonden Korken

Ein blonder Korke spiegelt sich
in einem Lacktablett –
allein er sah sich dennoch nicht,
selbst wenn er Augen hätt!

Das macht, dieweil er senkrecht steigt
zu seinem Spiegelbild!
Wenn man ihn freilich seitwärts neigt,
zerfällt, was oben gilt.

O Mensch, gesetzt, du spiegelst dich
im, sagen wir, – im All!
Und senkrecht! – wärest du dann nicht
ganz in dem gleichen Fall?

Der Würfel

Ein Würfel sprach zu sich: Ich bin
mir selbst nicht völlig zum Gewinn!

Denn meines Wesens sechste Seite,
und sei es auch ein Auge bloß,
sieht immerdar, statt in die Weite,
der Erde ewig dunklen Schoß.

Als dies die Erde, drauf er ruhte,
vernommen, ward ihr schlimm zu Mute.

Du Esel, sprach sie, ich bin dunkel,
weil dein Gesäß mich just bedeckte!
Ich bin so licht wie ein Karfunkel,
sobald du dich hinweggefleckt.

Der Würfel, innerlichst beleidigt,
hat sich nicht weiter drauf verteidigt.

Der Mond

Als Gott den lieben Mond erschuf,
gab er ihm folgenden Beruf:

Beim Zu- sowohl wie beim Abnehmen
sich deutschen Lesern zu bequemen,

ein 𝔄 formierend und ein 𝔷 –
Dass keiner groß zu denken hätt'.

Befolgend dies ward der Trabant
ein völlig deutscher Gegenstand.

Die Westküsten

Die Westküsten traten eines Tages zusammen
und erklärten, sie seien keine Westküsten,
weder Ostküsten noch Westküsten –
»dass sie nicht wüssten!«

Sie wollten wieder ihre Freiheit haben
und für immer das Joch des Namens abschütteln,
womit eine Horde von Menschenbütteln
sich angemaßt habe, sie zu begaben.

Doch wie sich befreien, wie sich erretten
aus diesen widerwärtigen Ketten?
Ihr Westküsten, fing eine an zu spotten,
gedenkt ihr den Menschen etwan auszurotten?

Und wenn schon! rief eine andre schrill.
Wenn ich seine Magd nicht mehr heißen will? –
Dann blieben aber immer noch die Atlanten, –
meinte eine von den asiatischen Tanten.

Schließlich, wie immer in solchen Fällen,
tat man eine Resolution aufstellen.
Fünfhundert Tintenfische wurden aufgetrieben,
und mit ihnen wurde Folgendes geschrieben:

Wir Westküsten erklären hiermit einstimmig,
Dass es uns nicht gibt, und zeichnen hochachtungsvoll:
Die vereinigten Westküsten der Erde. –
Und nun wollte man, dass dies verbreitet werde.

Sie riefen den Walfisch, doch er tat's nicht achten;
sie riefen die Möwen, doch die Möwen lachten;
sie riefen die Wolke, doch die Wolke vernahm nicht;
sie riefen ich weiß nicht was, doch ich weiß nicht was
kam nicht.

Ja, wieso denn, wieso? schrie die Küste von Ecuador:
Wärst du etwa kein Walfisch, du grober Tor?
Sehr richtig, sagte der Walfisch mit vollkommener Ruh:
Dein Denken, liebe Küste, dein Denken macht mich
erst dazu.

Da war's den Küsten, als säh'n sie sich im Spiegel;
ganz seltsam erschien ihnen plötzlich ihr Gewiegel.
Still schwammen sie heim, eine jede nach ihrem Land.
Und die Resolution, die blieb unversandt.

Palmström

Palmström steht an einem Teiche
und entfaltet groß ein rotes Taschentuch:
Auf dem Tuch ist eine Eiche
dargestellt, sowie ein Mensch mit einem Buch.

Palmström wagt nicht sich hineinzuschneuzen, –
er gehört zu jenen Käuzen,
die oft unvermittelt-nackt
Ehrfurcht vor dem Schönen packt.

Zärtlich faltet er zusammen,
was er eben erst entbreitet.
Und kein Fühlender wird ihn verdammen,
weil er ungeschnäuzt entschreitet.

Der Traum der Magd

Am Morgen spricht die Magd ganz wild:
»Ich hab heut Nacht ein Kind gestillt –

ein Kind mit einem Käs als Kopf –
und einem Hörn am Hinterschopf!

Das Hörn, o denkt euch, war aus Salz
und ging zu essen, und dann –«
»Halt's –
halt's Maul!« so spricht die Frau, »und geh
an deinen Dienst, Zä-zi-li-e!«

Das Nasobēm

Auf seinen Nasen schreitet
einher das Nasobēm,
von seinem Kind begleitet.
Es steht noch nicht im Brehm.

Es steht noch nicht im Meyer.
Und auch im Brockhaus nicht.
Es trat aus meiner Leyer
zum ersten Mal ans Licht.

Auf seinen Nasen schreitet
(wie schon gesagt) seitdem,
von seinem Kind begleitet,
einher das Nasobēm.

Anto-logie

Im Anfang lebte, wie bekannt,
als größter Säuger der G i g -ant.

Wobei g i g eine Zahl ist, die
es nicht mehr gibt, – so groß war sie!

Doch jene Größe schwand wie Rauch.
Zeit gab's genug – und Zahlen auch.

Bis eines Tags, ein winzig Ding,
der Z w ö l e f -ant das Reich empfing.

Wo blieb sein Reich? Wo blieb er selb? –
Sein Bein wird im Museum gelb.

Zwar gab die gütige Natur
den E l e f -anten uns dafur.

Doch ach, der Pulverpavian,
der Mensch, voll Gier nach seinem Zahn,

erschießt ihn, statt ihm Zeit zu lassen,
zum Z e h e n -anten zu verblassen.

O »Klub zum Schutz der wilden Tiere«,
hilf, dass der Mensch nicht ruiniere

die Sprossen dieser Riesenleiter,
die stets noch weiter führt und weiter!

Wie dankbar wird der Ant dir sein,
lässt du ihn wachsen und gedeihn, –

bis er dereinst im Nebel hinten
als N u l e l -ant wird stumm verschwinden.

Die Probe

Zu einem seltsamen Versuch
erstand ich mir ein Nadelbuch.

Und zu dem Buch ein altes zwar,
doch äußerst kühnes Dromedar.

Ein Reicher auch daneben stand,
zween Säcke Gold in jeder Hand.

Der Reiche ging alsdann herfür
und klopfte an die Himmelstür.

Drauf Petrus sprach: »Geschrieben steht,
Dass ein Kamel weit eher geht

durchs Nadelöhr, als du, du Heid,
durch diese Türe groß und breit!«

Ich, glaubend fest an Gottes Wort,
ermunterte das Tier sofort,

ihm zeigend hinterm Nadelöhr
ein Zuckerhörnchen als Douceur.

Und in der Tat! Das Vieh ging durch,
obzwar sich quetschend wie ein Lurch!

Der Reiche aber sah ganz stier
und sagte nichts als: Wehe mir!

Der heroische Pudel

Ein schwarzer Pudel, dessen Haar
des Abends noch wie Kohle war,
betrübte sich so höllenheiß,
weil seine Dame Flügel spielte,

trotzdem er heulte: dass (o Preis
dem Schmerz, der solchen Sieg erzielte!)
er beim Gekräh der Morgenhähne
aufstand als wie ein hoher Greis –
mit einer silberweißen Mähne.

Das Huhn

In der Bahnhofhalle, nicht für es gebaut,
geht ein Huhn
hin und her …
Wo, wo ist der Herr Stationsvorsteh'r?
Wird dem Huhn
man nichts tun?
Hoffen wir es! Sagen wir es laut:
Dass ihm unsre Sympathie gehört,
selbst an dieser Stätte, wo es – »stört«!

Möwenlied

Die Möwen sehen alle aus,
als ob sie Emma hießen.
Sie tragen einen weißen Flaus
und sind mit Schrot zu schießen.

Ich schieße keine Möwe tot,
ich lass sie lieber leben –
und füttre sie mit Roggenbrot
und rötlichen Zibeben.

O Mensch, du wirst nie nebenbei
der Möwe Flug erreichen.
Wofern du Emma heißest, sei
zufrieden, ihr zu gleichen.

Igel und Agel

Ein Igel saß auf einem Stein
und blies auf einem Stachel sein.
Schalmeiala, schalmeialü!
Da kam sein Feinslieb Agel
und tat ihm schnigel schnagel
zu seinen Melodein.
Schnigula schnagula
schnaguleia lü!

Das Tier verblies sein Flötenhemd …
»Wie siehst du aus so furchtbar fremd!?«
Schalmeiala, schalmeialü –.
Feins Agel ging zum Nachbar, ach!
Den Igel aber hat der Bach
zum Weiher fortgeschwemmt.
Wigula wagula
waguleia wü
tü tü …

Der Werwolf

Ein Werwolf eines Nachts entwich
von Weib und Kind und sich begab
an eines Dorfschullehrers Grab
und bat ihn: »Bitte, beuge mich!«

Der Dorfschulmeister stieg hinauf
auf seines Blechschilds Messingknauf
und sprach zum Wolf, der seine Pfoten
geduldig kreuzte vor dem Toten:

»Der Werwolf« – sprach der gute Mann,
»des Weswolfs, Genitiv sodann,
dem Wemwolf, Dativ, wie man's nennt,
den Wenwolf, – damit hat's ein End'.«

Dem Werwolf schmeichelten die Fälle,
er rollte seine Augenbälle.
»Indessen«, bat er, »füge doch
zur Einzahl auch die Mehrzahl noch!«

Der Dorfschulmeister aber musste
gestehn, dass er von ihr nichts wusste.
Zwar Wölfe gab's in großer Schar,
doch »Wer« gäb's nur im Singular.

Der Wolf erhob sich tränenblind –
er hatte ja doch Weib und Kind!!
Doch da er kein Gelehrter eben,
so schied er dankend und ergeben.

Die Fingur

Es lacht die Nachtalp-Henne,
es weint die Windhorn-Gans,
es bläst der schwarze Senne
zum Tanz.

Ein Uhu-Tauber turtelt
nach seiner Uhuin.
Ein kleiner Sechs-Elf hurtelt
von Busch zu Busch dahin …

Und Wiedergänger gehen,
und Raben rufen kolk,
und aus den Teichen sehen
die Fingur und ihr Volk …

KM 21

Ein Rabe saß auf einem Meilenstein
und rief Ka-em-zwei-ein, Ka-em-zwei-ein …

Der Werhund lief vorbei, im Maul ein Bein,
der Rabe rief Ka-em-zwei-ein, zwei-ein.

Vorüber zottelte das Zapfenschwein,
der Rabe rief und rief Ka-em-zwei-ein.

»Er ist besessen!« – kam man überein.
»Man führe ihn hinweg von diesem Stein!«

Zwei Hasen brachten ihn zum Kräuterdachs.
Sein Hirn war ganz verstört und weich wie Wachs.

Noch sterbend rief er (denn er starb dort) sein
Ka-em-zwei-ein, Ka-em-Ka-em-zwei-ein …

Geiß und Schleiche

Die Schleiche singt ihr Nachtgebet,
die Waldgeiß staunend vor ihr steht.

Die Waldgeiß schüttelt ihren Bart,
wie ein Magister hochgelahrt.

Sie weiß nicht, was die Schleiche singt,
sie hört nur, dass es lieblich klingt.

Die Schleiche fällt in Schlaf alsbald.
Die Geiß geht sinnend durch den Wald.

Die zwei Wurzeln

Zwei Tannenwurzeln groß und alt
unterhalten sich im Wald.

Was droben in den Wipfeln rauscht,
das wird hier unten ausgetauscht.

Ein altes Eichhorn sitzt dabei
und strickt wohl Strümpfe für die zwei.

Die eine sagt: knig. Die andre sagt: knag.
Das ist genug für einen Tag.

Die beiden Esel

Ein finstrer Esel sprach einmal
zu seinem ehlichen Gemahl:

»Ich bin so dumm, du bist so dumm,
wir wollen sterben gehen, kumm!«

Doch wie es kommt so öfter eben:
Die beiden blieben fröhlich leben.

Das Fest des Wüstlings

Was stört so schrill die stille Nacht?
Was sprüht der Lichter Lüstrepracht?
Das ist das Fest des Wüstlings!

Was huscht und hascht und weint und lacht?
Was cymbelt gell? was flüstert sacht?
Das ist das Fest des Wüstlings!

Die Pracht der Nacht ist jach entfacht!
Die Tugend stirbt, das Laster lacht!
Das ist das Fest des Wüstlings!
(Zu flüstern)

Das Wasser

(Dem Dichter Franz Servaes)

Ohne Wort, ohne Wort
rinnt das Wasser immerfort;
andernfalls, andernfalls
spräch' es doch nichts andres als:

Bier und Brot, Lieb und Treu, –
und das wäre auch nicht neu.
Dieses zeigt, dieses zeigt,
Dass das Wasser besser schweigt.

Das Böhmische Dorf

Palmström reist, mit einem Herrn v. Korf,
in ein so genanntes Böhmisches Dorf.

Unverständlich bleibt ihm alles dort,
von dem ersten bis zum letzten Wort.

Auch v. Korf (der nur des Reimes wegen
ihn begleitet) ist um Rat verlegen.

Doch just dieses macht ihn blass vor Glück.
Tief entzückt kehrt unser Freund zurück.

Und er schreibt in seine Wochenchronik:
Wieder ein Erlebnis, voll von Honig!

Nach Norden

Palmström ist nervös geworden;
darum schläft er jetzt nach Norden.

Denn nach Osten, Westen, Süden
schlafen, heißt das Herz ermüden.

(Wenn man nämlich in Europen
lebt, nicht südlich in den Tropen.)

Solches steht bei zwei Gelehrten,
die auch Dickens schon bekehrten –

und erklärt sich aus dem steten
Magnetismus des Planeten.

Palmström also heilt sich örtlich,
nimmt sein Bett und stellt es nördlich.

Und im Traum, in einigen Fällen,
hört er den Polarfuchs bellen.

Westöstlich

Als er dies v. Korf erzählt,
fühlt sich dieser leicht gequält;

denn für ihn ist Selbstverstehung,
Dass man mit der Erdumdrehung

schlafen müsse, mit den Pfosten
seines Körpers strikt nach Osten.

Und so scherzt er kaustisch-köstlich:
Nein, mein Diwan bleibt – westöstlich!

Zukunftssorgen

Korf, den Ahnung leicht erschreckt,
sieht den Himmel schon bedeckt
von Ballonen jeder Größe
und verfertigt ganze Stöße

von Entwürfen zu Statuten
eines Klubs zur resoluten
Wahrung der gedachten Zone
vor der Willkür der Ballone.

Doch er ahnt schon, ach, beim Schreiben
seinen Klub im Rückstand bleiben:
dämmrig, dünkt ihn, wird die Luft
und die Landschaft Grab und Gruft.
Er begibt sich drum der Feder,
steckt das Licht an (wie dann jeder),
tritt damit bei Palmström ein,
und so sitzen sie zu zwein.

Endlich, nach vier langen Stunden,
ist der Alpdruck überwunden.
Palmström bricht zuerst den Bann:
Korf, so spricht er, sei ein Mann!

Du vergreifst dich im Jahrzehnt:
Noch wird all das erst ersehnt,
was, vom Geist dir vorgegaukelt,
heut dein Haupt schon überschaukelt.

Korf entrafft sich dem Gesicht.
Niemand fliegt im goldnen Licht!
Er verlöscht die Kerze schweigend.
Doch dann, auf die Sonne zeigend,
spricht er: Wenn nicht jetzt, so einst –
kommt es, dass du nicht mehr scheinst,
wenigstens nicht uns, den – grausend
sag ich's –: Unteren Zehntausend! …

Wieder sitzt v. Korf danach
stumm in seinem Schreibgemach
und entwirft Statuten eines
Klubs zum Schutz des Sonnenscheines.

Das Warenhaus

Palmström kann nicht ohne Post
  leben:
Sie ist seiner Tage Kost.

Täglich dreimal ist er ganz
  Spannung.
Täglich ist's der gleiche Tanz:

Selten hört er einen Brief
  plumpsen
in den Kasten breit und tief.

Düster schilt er auf den Mann,
  welcher,
wie man weiß, nichts dafür kann.

Endlich kommt er drauf zurück:
  auf das:
»Warenhaus für Kleines Glück«.

Und bestellt dort, frisch vom Rost,
  (quasi):
ein Quartal – »Gemischte Post«!

Und nun kommt von früh bis spät
  Post von
aller Art und Qualität.

Jedermann teilt sich ihm mit,
  brieflich,
denkt an ihn auf Schritt und Tritt.

Palmström sieht sich in die Welt
  plötzlich
überall hineingestellt ...

Und ihm wird schon wirr und weh ...
  Doch es
ist ja nur das – »W. K. G.«

Die Korfsche Uhr

Korf erfindet eine Uhr,
die mit zwei Paar Zeigern kreist,
und damit nach vorn nicht nur,
sondern auch nach rückwärts weist.

Zeigt sie zwei, – somit auch zehn;
zeigt sie drei, – somit auch neun;
und man braucht nur hinzusehn,
um die Zeit nicht mehr zu scheun.

Denn auf dieser Uhr von Korfen,
mit dem janushaften Lauf,

(dazu ward sie so entworfen):
hebt die Zeit sich selber auf.

Palmströms Uhr

Palmströms Uhr ist andrer Art,
reagiert mimosisch zart.

Wer sie bittet, wird empfangen.
Oft schon ist sie so gegangen,

wie man herzlich sie gebeten,
ist zurück- und vorgetreten,

eine Stunde, zwei, drei Stunden,
je nachdem sie mitempfunden.

Selbst als Uhr, mit ihren Zeiten,
will sie nicht Prinzipien reiten:

Zwar ein Werk, wie allerwärts,
doch zugleich ein Werk – mit Herz.

Die unmögliche Tatsache

Palmström, etwas schon an Jahren,
wird an einer Straßenbeuge
und von einem Kraftfahrzeuge
überfahren.

»Wie war« (spricht er, sich erhebend
und entschlossen weiterlebend)
»möglich, wie dies Unglück, ja –:
Dass es überhaupt geschah?

Ist die Staatskunst anzuklagen
in Bezug auf Kraftfahrwagen?
Gab die Polizeivorschrift
hier dem Fahrer freie Trift?

Oder war vielmehr verboten,
hier Lebendige zu Toten
umzuwandeln, – kurz und schlicht:
D u r f t e hier der Kutscher nicht –?«

Eingehüllt in feuchte Tücher,
prüft er die Gesetzesbücher
und ist alsobald im Klaren:
Wagen durften dort nicht fahren!

Und er kommt zu dem Ergebnis:
Nur ein Traum war das Erlebnis.
Weil, so schließt er messerscharf,
nicht sein k a n n , was nicht sein d a r f

Die Behörde

Korf erhält vom Polizeibüro
ein geharnischt Formular,
wer er sei und wie und wo.

Welchen Orts er bis anheute war,
welchen Stands und überhaupt,
wo geboren, Tag und Jahr.

Ob ihm überhaupt erlaubt,
hier zu leben und zu welchem Zweck,
wie viel Geld er hat und was er glaubt.

Umgekehrten Falls man ihn vom Fleck
in Arrest verführen würde, und
drunter steht: Borowsky, Heck.

Korf erwidert darauf kurz und rund:
»Einer hohen Direktion
stellt sich, laut persönlichem Befund,

untig angefertigte Person
als nichtexistent im Eigen-Sinn
bürgerlicher Konvention

vor und aus und zeichnet, wennschonhin
mitbedauernd nebigen Betreff,
K o r f. (An die Bezirksbehörde in –).«

Staunend liest's der anbetroffne Chef.

Die weggeworfene Flinte

Palmström findet eines Abends,
als er zwischen hohem Korn
singend schweift,
eine Flinte.

Trauernd bricht er seinen Hymnus
ab und setzt sich in den Mohn,
seinen Fund
zu betrachten.

Innig stellt er den Verzagten,
der ins Korn sie warf, sich vor
und beklagt
ihn von Herzen.

Mohn und Ähren und Cyanen
windet seine Hand derweil
still um Lauf,
Hahn und Kolben …

Und er lehnt den so bekränzten
Stutzen an den Kreuzwegstein,
hoffend zart,
dass der Zage,

noch einmal des Weges kommend,
ihn erblicken möge – und –
(… Seht den Mond
groß im Osten …)

Professor Palmström

Irgendwo im Lande gibt es meist
einen Staat, von dem, was sich an Geist
irgendwo befindet und erweist,
doch noch nirgendwo Professor heißt,

eben zum Professor wird gemacht,
wie von wem, der unaufhörlich wacht,
ob auch jeder Seele wird gedacht,
die der Menschheit Glück und Heil gebracht.

Solch ein Staat und solch ein Fürst, o denkt,
hat auch Palmströms Los zum Licht gelenkt,
hat ihm den Professorrang geschenkt
und das Kreuz für Kunst ihm umgehenkt.

Palmström gibt das Kreuz für Kunst zurück;
denn er trägt kein solches Kleidungsstück.
Den Professor nicht; denn man versteht:
Als Professor gilt erst ein Prophet.

Muhme Kunkel

Palma Kunkel ist mit Palm verwandt,
doch im Übrigen sonst nicht bekannt.
Und sie wünscht auch nicht bekannt zu sein,
lebt am liebsten ganz für sich allein.

Über Muhme Palma Kunkel drum
bleibt auch der Chronist vollkommen stumm.
Nur wo selbst sie aus dem Dunkel tritt,
teilt er dies ihr Treten treulich mit.

Doch sie trat bis jetzt noch nicht ans Licht,
und sie will es auch in Zukunft nicht.
Schon dass hier ihr Name lautbar ward,
widerspricht vollkommen ihrer Art.

Der Papagei

Palma Kunkels Papagei
spekuliert nicht auf Applaus:
niemals, was auch immer sei,
spricht er seine Wörter aus.

Deren Zahl ist ohne Zahl:
denn er ist das klügste Tier,
das man je zum Kauf empfahl,
und der Zucht vollkommne Zier.

Doch indem er streng dich misst,
scheint sein Zungenglied verdorrt:
gleichviel, wer du immer bist,
er verrät dir nicht ein Wort.

Der Wasseresel

Der Wasseresel taucht empor
und legt sich rücklings auf das Moor.

Und ordnet künstlich sein Gebein,
im Hinblick auf den Mondenschein:

So dass der Mond ein Ornament
auf seines Bauches Wölbung brennt …

Mit diesem Ornamente naht
er sich der Fingur Wasserstaat.

Und wird von dieser, rings beneidet,
mit einem Doktorhut bekleidet.

Als Lehrer liest er nun am Pult,
wie man durch Geist, Licht und Geduld,

verschönern könne, was sonst nicht
in allem dem Geschmack entspricht.

Er stellt zuletzt mit viel Humor
sich selbst als lehrreich Beispiel vor.

»Einst war ich meiner Dummheit Beute«
so spricht er – »und was bin ich heute?

Ein Kunstwerk der Kulturbegierde,
des Waldes Stolz, des Weihers Zierde!

Seht her, ich bring' euch in Person
das Kunsthandwerk als Religion.«

Das Perlhuhn

Das Perlhuhn zählt: eins, zwei, drei, vier …
Was zählt es wohl, das gute Tier,
dort unter den dunklen Erlen?

Es zählt, von Wissensdrang gejuckt,
(die es sowohl wie uns entzückt):
die Anzahl seiner Perlen.

Das Einhorn

Das Einhorn lebt von Ort zu Ort
nur noch als Wirtshaus fort.

Man geht hinein zur Abendstund'
und sitzt den Stammtisch rund.

Wer weiß! Nach Jahr und Tag sind wir
auch ganz wie jenes Tier.

Hotels nur noch, darin man speist –
(so völlig wurden wir zu Geist).

Im »Goldnen Menschen« sitzt man dann
und sagt sein Solo an …

Die Nähe

Die Nähe ging verträumt umher ...
Sie kam nie zu den Dingen selber.
Ihr Antlitz wurde gelb und gelber,
und ihren Leib ergriff die Zehr.

Doch eines Nachts, derweil sie schlief,
da trat wer an ihr Bette hin
und sprach: »Steh auf, mein Kind, ich bin
der kategorische Komparativ!

Ich werde dich zum Näher steigern,
ja, wenn du willst, zur Näherin!«
Die Nähe, ohne sich zu weigern,
sie nahm auch dies als Schicksal hin.

Als Näherin jedoch vergaß
sie leider völlig, was sie wollte,
und nähte Putz und hieß Frau Nolte
und hielt all Obiges für Spaß.

Die Oste

Er ersann zur Weste
eines nachts die Oste!
sprach: »Was es auch koste! –«
sprach (mit großer Geste):

»Lasst uns auch von hinten
seidne Hyazinthen
samt Karfunkelknöpfen
unsern Rumpf umkröpfen!
Nicht nur auf dem Magen
lasst uns Uhren tragen,
nicht nur überm Herzen
unsre Sparsesterzen!
Fort mit dem betressten
Privileg der Westen!
Gleichheit allerstücken!
Osten für den Rücken!«

Und sieh da, kein Schneider
sagte hierzu: Leider –!
Hunderttausend Scheren
sah man Stoffe queren …
Ungezählte Posten
wurden schönster Osten
noch vor seinem Tode
»letzter Schrei« der Mode.

Die Zeit

Es gibt ein sehr probates Mittel,
die Zeit zu halten am Schlawittel:
Man nimmt die Taschenuhr zur Hand
und folgt dem Zeiger unverwandt.

Sie geht so langsam dann, so brav
als wie ein wohlgezogen Schaf,
setzt Fuß vor Fuß so voll Manier
als wie ein Fräulein von Saint-Cyr.

Jedoch verträumst du dich ein Weilchen,
so rückt das züchtigliche Veilchen
mit Beinen wie der Vogel Strauß
und heimlich wie ein Puma aus.

Und wieder siehst du auf sie nieder;
ha, Elende! – Doch was ist das?
Unschuldig lächelnd macht sie wieder
die zierlichsten Sekunden-Pas.

St. Expeditus

I

Einem Kloster, voll von Nonnen,
waren Menschen wohlgesonnen.

Und sie schickten, gute Christen,
ihm nach Rom die schönsten Kisten:

Äpfel, Birnen, Kuchen, Socken,
eine Spieluhr, kleine Glocken,

Gartenwerkzeug, Schuhe, Schürzen …
Außen aber stand: Nicht stürzen!

Oder: Vorsicht! Oder welche
wiesen schwarz gemalte Kelche.

Und auf jeder Kiste stand
»Espedito«, kurzerhand.

Unsre Nonnen, die nicht wussten,
wem sie dafür danken mussten,

denn das Gut kam anonym,
dankten vorderhand nur IHM,

riefen aber doch ohn' Ende
nach dem Sender solcher Spende.

Plötzlich rief die Schwester Pia
eines Morgens: Santa mia!

Nicht von Juden, nicht von Christen
stammen diese Wunderkisten –

Expeditus, o Geschwister,
heißt er, und ein Heiliger ist er!

Und sie fielen auf die Kniee.
Und der Heilige sprach: Siehe!

Endlich habt ihr mich erkannt.
Und nun malt mich an die Wand!

Und sie ließen einen kommen,
einen Maler, einen frommen.

Und es malte der Artiste
Expeditum mit der Kiste. –

Und der Kult gewann an Breite.
Jeder, der beschenkt ward, weihte

kleine Tafeln ihm und Kerzen.
Kurz, er war in aller Herzen.

II

Da auf einmal, neunzehnhundert-
fünf, vernimmt die Welt verwundert,

Dass die Kirche diesen Mann
fürder nicht mehr dulden kann.

Grausam schallt von Rom es her:
Expeditus ist nicht mehr!

Und da seine lieben Nonnen
längst dem Erdental entronnen,

steht er da und sieht sich um –
und die ganze Welt bleibt stumm.

Ich allein hier hoch im Norden
fühle mich von seinem Orden,

und mein Ketzergriffel schreibt:
Sanctus Expeditus – bleibt.

Und weil jenes nichts mehr gilt,
male ich hier neu sein Bild: –

Expeditum, den Gesandten
grüß' ich hier, des Unbekannten.

Expeditum, ihn, den Heiligen,
mit den Füßen, den viel eiligen,

mit den milden, weißen Haaren
und dem fröhlichen Gebaren,

mit den Augen braun, voll Güte,
und mit einer großen Tüte,

die den überraschten Kindern
strebt ihr spärlich Los zu lindern.

Einen güldnen Heiligenschein
geb' ich ihm noch obendrein,

den sein Lächeln um ihn breitet,
wenn er durch die Lande schreitet.

Und um ihn in Engelswonnen
stell ich seine treuen Nonnen:

Mägdlein aus Italiens Auen,
himmlisch lieblich anzuschauen.

Eine aber macht, fürwahr,
eine lange Nase gar.

Just ins »Bronzne Tor« hinein
spannt sie ihr klein Fingerlein.

Oben aber aus dem Himmel
quillt der Heiligen Gewimmel,

und holdselig singt Maria:
Santo Espedito – sia!

Ein modernes Märchen

I Früchte der Bildung

Schränke öffnen sich allein,
Schränke klaffen auf und spein
Fräcke, Hosen aus und Kleider,
nebst den Attributen beider.

Und sie wandeln in den Raum,
wie ein sonderbarer Traum,
wehen hin und her und schreiten
ganz wie zu benutzten Zeiten.

Auf den Sofas, auf den Truhn
sieht man sitzen sie und ruhn,
auf den Sesseln, an den Tischen
am Kamin und in den Nischen.

Seltsam sind sie anzuschaun,
kopflos, handlos, Männer, Fraun;
doch mit Recht verwundert jeden,
dass sie nicht ein Wörtlein reden.

Dieser Frack und jener Rock,
beide schweigen wie ein Stock,
lehnen ab, wie einst im Märchen,
sich zu rufen Franz und Klärchen.

Ohne Mund entsteht kein Ton,
lernten sie als Kinder schon:
Und so reden Wams und Weste
lediglich in stummer Geste.

Ein Uhr schlägt's, die Schränke schrein:
Kommt, und mög' euch Gott verzeihn!
Krachend fliegen zu die Flügel,
und – nur eins hängt nicht am Bügel!

II Not lehrt Beten

Eine Spitzenbluse nämlich,
oh, entsetzlich und beschämlich,
hat sich bei der wilden Jagd,
wilden Heimjagd der Gespenster –
eine Spitzenbluse nämlich
hat sich bei der Jagd am Fenster-
haken heillos festgehakt.

Kalt bescheint der Mond die krause
Dulderin im dunklen Hause,
die vom Fenster fortstrebt, wie
wer da fliehen will im Traume,
doch kein Schrittchen rückt im Raume, –
grell bescheint der Mond die grause
krasse, krause Szenerie …

Da erscheint vom Nebenzimmer,
angelockt durch ihr Gewimmer:
denn sie schrie! die Bluse s c h r i e ! –
da erscheint vom Nebenzimmer,
hergelockt durch ihr Gewimmer,
schwebt herein vom Nebenzimmer,
schlafgeschlossnen Auges – SIE.

Und sie hakt das arme Wesen –
hakt es ohne Federlesen

los und hängt es ans Regal;
schwebt dann wieder heim ins Neben-
zimmer, schwebt, wie eben Wesen,
die im Schlafe wandeln, schweben,
schwebt so wieder dann ins Neben-
zimmer heim und heim zum Herrn Gemahl.

Die Uhr

(Eine Moor-Mär)

Vor Jahren sank in einen Sumpf
ein ganz verstorbner Menschenrumpf.
In seiner Westentasche stak
ein Ührelein mit tik und tak.

Der alte Moosfrosch spitzt das Ohr
und spricht: »Es tickt in unserm Moor!
Ei, ei, wenn mich nicht alles trügt,
so han wir eine Uhr gekriegt!«

Die Schokoladenschlange sagt:
»Wie bald, so kommt die Wassermagd
und nimmt – so ist sie – uns zum Tort
die neue Sumpfuhr neidisch fort!«

Und ehe noch das Tier geendet –
da siehst du schon herbeigewendet
die Hand der schnöden Wassernumpf!

Und wieder ward es still im Sumpf.

Das Auge der Maus

Das rote Auge einer Maus
lugt aus deren Loch heraus.

Es funkelt durch die Dämmerung …
Das Herz gerät in Hämmerung.

»Das Herz von wem?« Das Herz von mir!
Ich sitze nämlich vor dem Tier.

O Seele, denk an diese Maus!
Alle Dinge sind voll Graus.

Liebeserklärung des Raben Ralf an die Räbin Louise Broxak

Tôr! tôr! tôr!
broxak! broxak!
kokoloko? klokoko!

Serbo – serbo –
broxak! broxak!
kolkrekolo! krekloko?

Kar! Kar! Kar!
broxak! broxak!
Kalakaka! Kralkaka!

Gespräch einer Hausschnecke mit sich selbst

Soll i aus meim Hause raus?
Soll i aus meim Hause nit raus?
Einen Schritt raus?
Lieber nit raus?
Hausenitraus –
Hauseraus
Hausenitraus
Hausenaus
Rauserauserauserause ....

(Die Hausschnecke verfängt sich in ihren eignen Gedanken oder vielmehr diese gehen mit ihr dermaßen durch, dass sie die weitere Entscheidung der Frage lächelnd verschieben muss.)

Ukas

Durch Anschlag mach ich euch bekannt:
Heut ist kein Fest im deutschen Land.
Drum sei der Tag für alle Zeit
zum Nichtfest-Feiertag geweiht.

Erschrocken staunt der Heide Schaf mich an,
als säh's in mir den ersten Menschenmann.
Sein Blick berückt; wir stehen wie im Schlaf;
mir ist, ich sah' zum ersten Mal ein Schaf.

Quatier Latin

Sie sitzen in einem Giebel
des Häusermeers zu zweit.
Sie streiten über die Bibel
der neuen seltsamen Zeit.

Der eine ruft »Zarathustra«,
der andre »Das Kapital«!
Sie mischen ein Dutzend Lustra
in ihrem Gesprächspokal.

Die riesigen Polyeder –
sie drehn sie die ganze Nacht …
Und schließlich hat doch ein jeder
nur sich, sich selbst gedacht.

Berliner Mägde am Sonnabend

Sie hängen sie an die Leiste,
die Teppiche klein und groß,
sie hauen, sie hauen im Geiste
auf ihre Herrschaft los.

Mit einem wilden Behagen,
mit wahrer Berserkerwut,
für eine Woche voll Plagen
kühlen sie sich den Mut.

Sie hauen mit splitternden Rohren
im infernalischen Takt.
Die vorderhäuslichen Ohren
nehmen davon nicht Akt.

Doch hinten jammern, zerrissen
im Tiefsten von Hieb und Stoß,
die Läufer, die Perserkissen
und die dicken deutschen Plumeaus.

Der Sündfloh

Als schauerlich und grausenvoll
die Sündflut um die Berge schwoll,
kam noch im siebenten Moment
ein junger Floh herzugerennt.

Doch da das obligate Paar
von Flöhen schon im Kasten war,
so musste Noah ihn bestimmen,
ins nasse Grab zurückzuschwimmen.

Voll Eifer gleichfalls protestierten
die beiden, die bereits logierten,
weil – riefen sie (besonders er) –
ein dritter nicht gestattet wär!

Der Sündfloh (denn er war es) blieb,
obschon verborgen wie ein Dieb,
und zwar (trotz Jahwen in der Höhe)
vom einen der zwei beiden Flöhe.

Von welchem braucht man nicht zu sagen;
doch ward sodann aus Vorzeittagen
das Dreieck, wovon Ibsen schreibt,
der Neuzeit wieder einverleibt.

Menschen stehn vor einem Haus, – –
nein, nicht Menschen, – Bäume.
Menschen, folgert Otto draus,
sind drum nichts als Träume.
Alles ist vielleicht nicht klar,
nichts vielleicht erklärlich
und somit, was ist, wird, war,
schlimmstenfalls entbehrlich.

Unter Spiegelbildern

Unter lauter Spiegelbildern
war ich diese Nacht im Traum.
(Lass die Phantasie nicht wildern,
halte sie vielmehr im Zaum!)

Alles war daselbst vorhanden,
was Natur und Mensch gemacht,
selbst ein Löwe, der (in Banden)
einst vor ein Trumeau gebracht.

Doch nicht einmal nur war Tier und
Mensch und andres hier, o Graun!
Eine Frau war hundertvierund-
fünfzigtausendmal zu schaun.

Auch ein Fräulein war zur Stelle,
ganz gehüllt in blondes Haar,
die in eines Waldborns Welle
einst im Mond gestiegen war.

Leute sah man, die man nie sonst
so gesehn (und umgekehrt);
wer ein Vieh sonst, ein Genie sonst,
hier erst sah man seinen Wert.

Hüt' dich drum, du sichres Siegel,
wer du seist und wo du seist;
sieh dich niemals in den Spiegel,
sonst verfällst du meinem Geist.

Deines Spiegels dunkle Klarheit
hat dein Bild, du weißt nicht wie,
und dann seh ich deine Wahrheit;
denn die Spiegel lügen nie.

Der Korbstuhl

Befreit von jeder Menschenfracht
erholt der Korbstuhl sich bei Nacht.

Er re-agiert mit seinem Rohr
und kehrt die eigne Art hervor.

Er reckt und dehnt sich wohlig aus,
gewissermaßen »wie zu Haus«.

Sonst stets besetzt, erlebt er itzt
die Seligkeit, dass selbst er – sitzt.

»Ein Sessel in sich selbst«, – fürwahr,
ein Ding, so tief als wunderbar!

Das Geierlamm

Der Lämmergeier ist bekannt,
das Geierlamm erst hier genannt.

Der Geier, der ist offenkundig,
das Lamm hingegen untergrundig.

Es sagt nicht hu, es sagt nicht mäh
und frisst dich auf aus nächster Näh.

Und dreht das Auge dann zum Herrn.
Und alle haben's herzlich gern.

Die Zirbelkiefer

Die Zirbelkiefer sieht sich an
auf ihre Zirbeldrüse hin;
sie las in einem Buche jüngst,
die Seele säße dort darin.

Sie säße dort wie ein Insekt
voll wundersamer Lieblichkeit,
von Gottes Allmacht ausgeheckt
und außerordentlich gescheit.

Die Zirbelkiefer sieht sich an
auf ihre Zirbeldrüse hin;
sie weiß nicht, wo sie sitzen tut,
allein ihr wird ganz fromm zu Sinn.

Der Meilenstein

Tief im dunklen Walde steht er
und auf ihm mit schwarzer Farbe,
dass des Wandrers Geist nicht darbe:
Dreiundzwanzig Kilometer.

Seltsam ist und schier zum Lachen,
dass es diesen Text nicht gibt,
wenn es keinem Blick beliebt,
ihn durch sich zu Text zu machen.

Und noch weiter vorgestellt:
was wohl ist er – ungesehen.
Ein uns völlig fremd Geschehen.
Erst das Auge schafft die Welt.

Toilettenkünste

(Fritz Mauthnern)

Das Wort, an sich nicht eben viel,
rüstete sich zum Fastnachtsspiel.

Er setzte sich, das gute Wurm,
Perücken auf als wie ein Turm.

Sie barg die äußerst magern Hüften
in märchenhaften Röckegrüften.

Der Ball war voll Bewundrung toll.
Der König selbst sprach: Wundervoll!

Doch morgens krochen – flüchtig Glück! –
zwei Nichtse in ihr Bett zurück.

Die Dummheit spricht

Der Mensch begießt, wer weiß warum,
den Nächsten mit Petroleum;
und steckt ihn an, und dieser ihn,
und beide brennen sie wie Kien.

Die Dummheit sitzt im Sorgenstuhl!
Ach Gott, ist das ein Jammerpfuhl!
Allein, allein, allein, allein,
es muss wohl sein, es muss wohl sein.

Es spricht in ihrem Schädel hohl:
Man braucht ihn wohl, man braucht ihn wohl,
den Krieg, denn wenn der Krieg verstummt,
so ist gewiss, dass man verdummt.

Verdummen aber darf man nicht,
mit tiefem Blick die Dummheit spricht;
nur dumm nicht – spricht sie – eher roh.
Ach Gott, wir sind nun einmal so.

Wiegenlied

Schlaf, Kindlein, schlaf,
am Himmel steht ein Schaf;
das Schaf das ist aus Wasserdampf
und kämpft wie wir den Lebenskampf.
Schlaf, Kindlein, schlaf.

Schlaf, Kindlein, schlaf,
die Sonne frisst das Schaf,
sie leckt es weg vom blauen Grund
mit langer Zunge wie ein Hund.
Schlaf, Kindlein, schlaf.

Schlaf, Kindlein, schlaf.
Nun ist es fort, das Schaf.
Es kommt der Mond und schilt sein Weib;
die läuft ihm weg, das Schaf im Leib.
Schlaf, Kindlein, schlaf.

Zeig mir, sprach zu mir ein Dämon,
zeig mir das Symbol des Menschen
und ich will dich ziehen lassen.
Ich darauf, mir meine schwarzen
Stiefel von den Zehen ziehend
sprach, dies, Dämon, ist des Menschen
schauerlich Symbol, ein Fuß aus
grobem Leder, nicht Natur mehr,
doch auch noch nicht Geist geworden,
eine Wanderform vom Tierfuß
zu Merkurs geflügelter Sohle.
Als ein Bildnis des Gelächters
stand ich da, ein neuer Heiliger.
Doch der Dämon, unbestimmbar
seufzend, bückte sich und schrieb mit
seinem Finger auf die Erde.

Mich erfüllt Liebestoben zu dir!
Ich bin deinst,
als ob einst
wir vereinigst.

Sei du meinst!
Komm Liebchenstche zu mir –
ich vergehste sonst
sehnsuchtstgepeinigst.

Doch achst, achst, schwach, arm Wortleinstche ei, was –
genug, da auch du mich liebstest.
Fühls, fühls ohne Worte mein Meinstlein:
Ich sehne dich Steste -st -st!

Der Droschkengaul

»Ich bin zwar nur ein Droschkengaul, –
doch philosophisch regsam;
der Fress-Sack hängt mir kaum ums Maul,
so werd ich überlegsam.
Ich schwenk ihn her, ich schwenk ihn hin,
und bei dem trauten Schwenken
geht mir so manches durch den Sinn,
woran nur Weise denken.

Ich bin zwar nur ein Droschkengaul, –
doch sann ich oft voll Sorgen,
wie ich den Hafer brächt' ins Maul,
der tief im Grund verborgen.
Ich schwenkte hoch, ich schwenkte tief,
bis mir die Ohren klangen.
Was dort in Nacht verschleiert schlief,
ich konnt' es nicht erlangen.

Ich bin zwar nur ein Droschkengaul, –
doch mag ich Trost nicht missen
und sage mir: So steht es faul
mit allem Erdenwissen;
es frisst im Weisheitsfuttersack
wohl jeglich Maul ein Weilchen,
doch nie erreicht's – oh Schabernack –
die letzten Bodenteilchen.«

Der Konvertit

Wie stehst du vor mir, kraus und fremd,
im neuen Weltanschauungshemd!

Und gingst doch gestern noch ganz nackt,
nur bloß mit deiner Haut bepackt?

»Ja, ja, ganz recht, jedoch du weißt:
Es friert zuweilen auch den – Geist!«

Die große Minute

Der Bahnvorstand des kleinen Orts
bedünkt vom Rang sich eines Lords.

Ein Vorort-, Fern- und Güterzug
zu gleicher Zeit (!) – das ist genug.

Er steckt die Hand vorn in die Brust
und blickt mit wahrer Feldherrnlust.

Er streckt den Arm bald her, bald hin:
Sein Leben hat nun wirklich Sinn …

Zum Größten sprach sein Herz nun: Komm!
Hier steht ein Mensch, voilà un homme!

Tertius Gaudens

(Ein Stück Entwicklungsgeschichte)

Vor vielen Jahren sozusagen
hat Folgendes sich zugetragen.

Drei Säue taten und ein Huhn
in einem Hof zusammen ruhn.

Das Huhn, wie manchmal Hühner sind
(im Sprichwort mindestens), war blind.

Die Säue waren schlechtweg Säue
von völliger Naturgetreue.

Dies Dreieck nahm ein Mann aufs Ziel,
vielleicht war's auch ein Weib, gleichviel.

Und trat heran und gab den Schweinen –
Ihr werdet: Runkelrüben meinen.

O nein, er warf – (er oder sie) –
warf – Perlen vor das schnöde Vieh.

Die Säue schlossen träg die Lider …
Das Huhn indessen, still und bieder,

erhob sich ohne Hast noch Zorn
und fraß die Perlen auf wie Korn.

Der Mensch entwich und sann auf Rache;
doch Gott im Himmel wog die Sache

der drei Parteien und entschied,
dass dieses Huhn im nächsten Glied

die Perlen außen tragen solle.
Auf welche Art die Erdenscholle –

das Perlschwein –? Nein! Das war verspielt!
das Perl-H u h n zum Geschenk erhielt.

Der neue Vokal

Der Festredner:
»Unsterblich werden Sie leben,
solang es Menschenmund
und Menschenwitz wird geben
auf diesem Erdenrund.«

Ein Fähnrich, halblaut zur Gattin des
Gefeierten, Frau Prof. Ulich:
»Was hat denn Ihr Gemahl
nun eigentlich ausgeheckt?«

Die Gattin, ebenso:
»Er hat einen neuen Vokal
erfunden oder entdeckt.«

Der Fähnrich:
»Das ist ja phänomenal,
eine wahre Speise für Geister!
Na, Gnädigste, und wie heißt er
denn nun, dieser neue Vokal?«

Die Gattin:
»Er kann ihn noch niemandem sagen,
er lässt ihn erst patentiern;
wir woll'n – nach so langen Plagen –
doch nicht ihr Erträgnis verliern!«

Der Fähnrich:
»Verstehe, Sie wollen Tantiemen!«

Die Gattin:
»Gewiss, das ist unser Ziel!
Wer den Vokal will nehmen,
erhält ihn für so und so viel.«

Der Festredner, abschließend:
»Sie gaben uns mehr, Herr Ulich,
als irgendein Mensch bislang;
wir trollten fromm und betulich
den alten Schlendriangang.
Da kamen Sie, Geist der Geister,
in unser Jammertal
und gaben uns, teurer Meister,
den August-Ulich-Vokal«

Problem

Es flog ein Stein so weit, so weit –
und hatte doch kein Federkleid!
(Es wär ihm ja zu gönnen …)
Indessen, rechte Seltsamkeit,
dass Steine – fliegen können!

Etiketten-Frage

Ein halber Essl. und ein Teel.
besahn einander stolz und scheel.

Der Teel. erklärte: »Ich bin mehr!«
Der halbe Essl. rief, nein, Er!

Die Wissenschaft entschied voll Hohn:
Das kommt vom populären Ton.

Ihr seid, sprach patzig die Madam,
einfach fünf Gramm und zehen Gramm.

Der Flügelflagel

Der Flügelflagel gaustert
durchs Wiruwaruwolz,
die rote Fingur plaustert
und grausig gutzt der Golz.

Gigaster

Gigaster hieß der Blitz, der dort
im Tannengrund verschwunden.

Vom Himmel fuhr er wie ein Wort,
das seinen Weg gefunden.

Er traf das Herz der Erde nicht,
wie s e i n Herz wohl erspannte.

Doch bracht' er einem Maulwurf Licht,
der aufschrie – und verbrannte.

Scholastikerproblem I

Wie viel Engel sitzen können
auf der Spitze einer Nadel –
wolle dem dein Denken gönnen,
Leser sonder Furcht und Tadel!

»Alle!« wird's dein Hirn durchblitzen.
»Denn die Engel sind doch Geister!
Und ein ob auch noch so feister
Geist bedarf schier nichts zum Sitzen.«

Ich hingegen stell den Satz auf:
Keiner! – Denn die nie Erspähten
können einzig nehmen Platz auf
geistlichen Lokalitäten.

Der Mondberg-Uhu

Der Mondberg-Uhu hat ein Bein,
sein linkes Bein, im Sonnenschein.
Das rechte Bein jedoch des Vogels
bewohnt das Schattenreich des Kogels.

Bis hundertfunfzig Grad im Licht
gibt Herschel ihm (zwar Langley nicht),
im Dustern andrerseits desgleichen
dasselbe mit dem Minuszeichen.

Sein Wohl befiehlt ihm (man versteht),
dass er sich stetig ruckweis dreht.
Er funktioniert wie eine Uhr
und ist doch bloß ein Uhu nur.

Der Rabbiner

Ein Prager Rabbiner, namens Brod,
gelangte durch teuflische Magie
zu solcher Macht, dass selbst der Tod
vergeblich wider ihn Flammen spie.

Doch endlich geriet es dem Tode doch:
Er verbarg sich in einer Rose Grund.
Der Teufel dachte der Rose nicht – und
der Rabbiner starb, als er an ihr roch.

Das Grammophon

Der Teufel kam hinauf zu Gott
und brachte ihm sein Grammophon
und sprach zu ihm, nicht ohne Spott:
»Hier bring ich dir der Sphären Ton.«

Der Herr behorchte das Gequiek
und schien im Augenblick erbaut:
Es ward fürwahr die Weltmusik
vor seinem Ohr gespenstisch laut.

Doch kaum er dreimal sie gehört,
da war sie ihm zum Ekel schon, –
und höllwärts warf er, tief empört,
den Satan samt dem Grammophon.

Dies ater

Als Müller sich erkennt als Geist,
entdeckt er, dass er Müller heißt.

Und weiß von dieser Stunde an,
er wird nie Deutschlands größter Mann.

Der Schnupfen

Ein Schnupfen hockt auf der Terrasse,
auf dass er sich ein Opfer fasse

– und stürzt alsbald mit großem Grimm
auf einen Menschen namens Schrimm.

Paul Schrimm erwidert prompt: Pitschü!
Und hat ihn drauf bis Montag Früh.

Scholastikerproblem II

Kann ein Engel Berge steigen?
Nein. Er ist zu leicht dazu.
Menschenfuß und Menschenschuh
bleibt allein dies Können eigen.

Lockt ihn dennoch dieser Sport,
Muss er wieder sich ver-erden
und ein Menschenfräulein werden
etwa namens Zuckertort.

Allerdings bemerkt man immer,
was darin steckt und von wo –
denn ein solches Frauenzimmer
schreitet anders als nur so.

Die zwei Parallelen

Es gingen zwei Parallelen
ins Endlose hinaus,
zwei kerzengerade Seelen
und aus solidem Haus.

Sie wollten sich nicht schneiden
bis an ihr seliges Grab:
das war nun einmal der beiden
geheimer Stolz und Stab.

Doch als sie zehn Lichtjahre
gewandert neben sich hin,
da war's dem einsamen Paare
nicht irdisch mehr zu Sinn.

War'n sie noch Parallelen?
Sie wussten's selber nicht, –
sie flossen nur wie zwei Seelen
zusammen durch ewiges Licht.

Das ewige Licht durchdrang sie,
da wurden sie eins in ihm;
die Ewigkeit verschlang sie
als wie zwei Seraphim.

Der Papagei

Es war einmal ein Papagei,
der war beim Schöpfungsakt dabei
und lernte gleich am rechten Ort
des ersten Menschen erstes Wort.

Des Menschen erstes Wort war A
und hieß fast alles, was er sah,
z. B. Fisch, z. B. Brot,
z. B. Leben oder Tod.

Erst nach Jahrhunderten voll Schnee
erfand der Mensch zum A das B
und dann das L und dann das Q
und schließlich noch das Z dazu.

Gedachter Papagei indem
ward älter als Methusalem,
bewahrend treu in Brust und Schnabel
die erste menschliche Vokabel.

Zum Schlusse starb auch er am Zips.
Doch heut noch steht sein Bild in Gips,
geschmückt mit einem großen A,
im Staatsschatz zu Ekbatana.

Auf einem Wandkalenderblatt
ein Leu sich abgebildet hat.

Und blickt dich an bewegt und still
den ganzen 17. April.

Wodurch er zu erinnern liebt,
dass es ihn immerhin noch gibt.

Zivilisatorisches

Ein Fisch schrieb jüngst in seinem Blatt:
»Ich bin des trocknen Tons nun satt.
Ich will (als einer nur von vielen)
zwei Hände, um Klavier zu spielen.
Tief in der Südsee lebt mit Brillen
ein Molch, der tut uns wohl den Willen.
Er teile das Rezept uns mit.
Bad Westerland, Sylt. E. P. Schmidt.«

Das Blatt verließ die Druckerei.
Der Hering las es wie der Hai.
Fast jeder bis hinauf zum Wal
empfand den Einfall als Skandal,
ja, mehr als das, in seltner Einheit,
als dekadentische Gemeinheit.
(Alleinzig der Polyp sah jetzt,
wozu er in die Welt gesetzt.
Und schwamm herum, von Sinnen schier,
nach einem scheiternden Klavier.)

Der Molch indes mit spitzen Ohren
hat seine Kundschaft nicht verloren:
Er sandte Schmidten die Broschüre
»Fischhände (später Maniküre)
nur durch Gymnastik in drei Jahren«.
Da war nun alles zu erfahren.
Man sieht, wie da in Westerland
zum Menschen noch der Fisch entbrannt:
die Wunder der Natur, der wilden,
kulturgemäß hinaufzubilden.

Das Mondschaf sagt sich selbst gut Nacht,
d. h. es wurde uberdacht
von seinem eignen Denker:
Der übergibt dies alles sich
mit einem kurzen Federstrich
als seinem eignen Henker.

Der Sperling und das Känguru

Im zoologischen Garten

Vor seinem Haus das Känguru –
es guckt wohl einem Sperling zu.

Der Sperling sitzt auf dem Gebäude,
doch ohne sonderliche Freude.

Vielmehr er fühlt, den Kopf geduckt,
wie ihn das Känguru beguckt.

Der Sperling sträubt den Federflaus –
die Sache ist auch gar zu kraus.

Ihm ist, als ob er kaum noch säße …
Wenn nun das Känguru ihn fräße?!

Doch dieses dreht nach einer Stunde
den Kopf aus irgendeinem Grunde,

vielleicht auch ohne tiefern Sinn,
nach einer andern Richtung hin.

Vice Versa

Ein Hase sitzt auf einer Wiese,
des Glaubens, niemand sähe diese.

Doch, im Besitze eines Zeißes,
betrachtet voll gehaltnen Fleißes

vom vis-à-vis gelegnen Berg
ein Mensch den kleinen Löffelzwerg.

Ihn aber blickt hinwiederum
ein Gott von fern an, mild und stumm.

Korbsesselgespräch

Was ich am Tage stumm gedacht,
vertraut er eifrig an der Nacht.

Mit Knisterwort und Flüsterwort
erzählt er mein Geheimnis fort.

Dann schweigt er wieder lang und lauscht –
indes die Nacht gespenstisch rauscht.

Bis ihn der Bock von neuem stößt
und sich sein Krampf in Krachen löst.

Die Unterhose

Heilig ist die Unterhose,
wenn sie sich in Sonn' und Wind,
frei von ihrem Alltagslose,
auf ihr wahres Selbst besinnt.

Fröhlich ledig der Blamage
steter Souterränität,
wirkt am Seil sie als Staffage,
wie ein Segel leicht gebläht.

Keinen Tropus ihr zum Ruhme
spart des Malers Kompetenz,
preist sie seine treuste Blume
Sommer, Winter, Herbst und Lenz.

Die Wissenschaft

So beschließen beide denn
nach so manchem Doch und Wenn

sich mit ihren Theorien
vor die Wissenschaft zu knien.

Doch die Wissenschaft, man weiß es,
achtet nicht des Laienfleißes.

Hier auch schürzt sie nur den Mund,
murmelt von ›Phantasmen‹ und

beugt sich wieder dann auf ihre
wichtigen Spezialpapiere.

»Komm«, spricht Palmström, »Kamerad, –
alles Feinste bleibt – privat!«

Korf ist fassungslos, und er entflieht,
wenn er Bücher wie den »Brockhaus« sieht.

Er versteht [es] nicht, wie man
zentnerschwere Bücher leiden kann.

Denn er hasst, wie man daselbst den Geist
gleichsam in ein Grab von Stoff verweist.

Geist ist leicht und sollte drum doch auch
leicht gewandet gehn, nach Geisterbrauch.

Doch der Europäer ruht erst dann,
wenn er ihn in Bretter »binden« kann.

Die Brillen

Korf liest gerne schnell und viel,
darum widert ihn das Spiel
all des zwölfmal Unerbetnen,
Ausgewalzten, Breitgetretnen.

Meistens ist in sechs bis acht
Silben völlig klargemacht,
und in ebenso viel Sätzen
Lässt sich Bandwurmweisheit schwätzen.

Es erfindet drum sein Geist
etwas, was ihn dem entreißt:
Brillen, deren Energien
ihm den Text zusammenziehen!

Beispielsweise dies Gedicht
läse, so bebrillt, man – n i c h t !
Dreiundsechzig seinesgleichen
gäben erst – ein – Fragezeichen!

For the happy few

Korfs Geruchs-Sinn ist enorm.
Doch der Nebenwelt gebricht's –
und ihr Wort: »Wir riechen nichts«
bringt ihn oft aus aller Form.

Und er schreibt wie Stendhal Beyle
stumm in sein Notizbuch ein:
Einst, nach überlanger Weile,
wird mein Werk gerochen sein.

Korf erfindet eine Mittagszeitung,
welche, wenn man sie gelesen hat,
ist man satt.
Ganz ohne Zubereitung
irgendeiner andern Speise.
Jeder auch nur etwas Weise
hält das Blatt.

Korf zu Taten zu befeuern,
redet man ihm allerhand
von Münchhausens Abenteuern.

Dies versetzt v. Korf in Brand,
und er geht nach einem Sumpf
und verlässt das feste Land.

Mit den Füßen, mit dem Rumpf
sinkt er unter, nur der Kopf
ragt noch samt des Schopfes Stumpf.

Doch, wenn man ihn recht versteht,
weiß man, dass er nimmermehr
in dem Sumpf zugrunde geht.

Denn, wie man schon oft erfuhr,
ist v. Korf kein Mensch wie wir,
ist ein Mensch pro forma nur.

Und so zieht er sich als Geist,
der er ist, aus Sumpf und Moor
wieder unters Volk empor.

Niemand sieht den Geist natürlich,
sondern hält ihn für figürlich,
doch die Tatsache beweist.

Und v. Korf erklärt: Münchhausen
tat vermutlich auch nicht flausen.
Doch ihn hörten nur Banausen.

Korf in Berlin

Korf – man kennt ihn wohl genügend –,
Korf begibt sich nach Berlin,
einem Zug der Zeit sich fügend.

In Berlin empfängt man ihn …
Zwar erblickt man ihn nicht leiblich,
denn, wie ja schon dargeziehn,

ist er weder männ- noch weiblich,
sondern schlechterdings ein Geist,
dessen Nichtsehn unausbleiblich.

Bilder, die man aufhängt umgekehrt,
mit dem Kopf nach unten, Fuß nach oben,
ändern oft verwunderlich den Wert,
weil ins Reich der Phantasie erhoben.

Palmström, dem schon frühe solches kund,
füllt (dergleichlich) eines Zimmers Wände,
und als Maler großer Gegenstände
macht er dort begeistert Fund auf Fund.

Als wie ein Zweig im Wind

Palmström schwankt als wie ein Zweig im Wind …
Als ihn Korf befragt, warum er schwanke,
meint er: weil ein lieblicher Gedanke,
wie ein Vogel, zärtlich und geschwind,
auf ein Kleines ihn belastet habe –
schwanke er als wie ein Zweig im Wind,
schwingend noch von der willkommnen Gabe.

Palmström an eine Nachtigall, die ihn nicht schlafen ließ

Möchtest du dich nicht in einen Fisch verwandeln
und gesanglich dementsprechend handeln,
da es sonst unmöglich ist,
dass mir unternachts des Schlafes Labe
blüht, die ich nun doch notwendig habe!
Tu es, wenn du edel bist!

Deine Frau im Nest wird dich auch so bewundern,
wenn du gänzlich in der Art der Flundern
auftrittst und im Wipfel wohlig ruhst,
oder, eine fliegende Makrele
sie umflatterst, holde Philomele,
(– die du mir gewiss die Liebe tust!).

Palmström lobt das schlechte Wetter sehr,
denn dann ist auf Erden viel mehr Ruhe;
ganz von selbst beschränkt sich das Getue,
und der Mensch geht würdiger einher.

Schon allein des Schirmes kleiner Himmel
wirkt symbolisch auf des Menschen Kern,
denn der wirkliche ist dem Gewimmel,
ach nicht ihm nur, leider noch recht fern.

Durch die Gassen oder im Gefilde
wandert Palmström, wenn die Wolke fällt,
und erfreut sich an dem Menschenbilde,
das sich kosmo-logischer verhält.

Exlibris

Ein Anonymus aus Tibris
sendet Palman ein Exlibris.

Auf demselben sieht man nichts,
als den weißen Strahl des Lichts.

Nicht ein Strichlein ist vorhanden.
Palma fühlt sich warm verstanden.

Und sie klebt die Blättlein rein
allenthalben dankbar ein.

Zwischen Weinen und Lachen

Zwischen Weinen und Lachen
schwingt die Schaukel des Lebens.
Zwischen Weinen und Lachen
fliegt in ihr der Mensch.

Der Traum

Es war ein süßer Traum
von Dir, – was, weiß ich kaum.
Doch seine Süßigkeit
blieb mir
den ganzen Tag, –
dass, als mein Schlittengleis
zur Abendzeit
die Straße lief,
da deine Wohnung lag,
der Heide, ich,
ein leis
›Gott segne dich‹
als jenes süßen
Traumes letztes Grüßen
rief.

Erster Schnee

Aus silbergrauen Gründen tritt
ein schlankes Reh
im winterlichen Wald
und prüft vorsichtig, Schritt für Schritt,
den reinen, kühlen, frisch gefallnen Schnee.

Und Deiner denk' ich, zierlichste Gestalt.

Mittag

Tage gibt es, da des Mittags Bläue
übermild um braune Berge zittert
und in unaussprechlich linder Läue
sie wie Himmelsliebesrausch umwittert.

Ja, wie Liebe bricht es aus den Räumen,
und nur noch aus Frauenaugensternen
kannst du dies aus fast zu seligen Träumen
hergesunkene Gottesleuchten lernen.

Aus stillen Fenstern

Wie oft wirst du gesehn
aus stillen Fenstern,
von denen du nichts weißt …
Durch wie viel Menschengeist
magst du gespenstern,
nur so im Gehn …

Verzeichnis der Gedichtüberschriften und -anfänge